EPISTRE NARRATIVE DE L'ENTREPRISE

faicte dans l'Ordre de Fonteurauld, par vn certain Religieux d'vn aultre Ordre, addressée par vn Docteur celebre à vn Euesque de France, & mise en lumiere par le commandement dudict Euesque.

A PARIS,
Chez, N. N.

MONSEIGNEVR.

VOS desirs, voire les plus petits m'e sont des commandements si expres, qu'incontinant apres la vostre reçeüe, ie me suis mis en debuoir de m'informer amplement de l'entreprise brassée dans l'Ordre de Fonteurauld par le Pere N. Et pour cét effect ie me suis addressé à vn Religieux dudict ordre, qui est de ma cognoissance: la probité duquel m'estant assez cogneüe, aussi bien que sa capacité, i'ay pensé qu'il m'en feroit vn fidele recit, auquel ie pourrois adjouster foy, sans crainte d'estre noté de legereté ou credulité par trop grande.

I'ay donc appris de ce bon Religieux que le Pere N. se conuia de prescher l'Octaue du Sainct Sacrement dans le grand Monastere de Fonteurauld; pour a quoy paruenir il en escripuit à la Dame Abbesse, laquelle comme elle honore particulierement les Religieux de céte congregation, ne voulut l'esconduire, ains accepta son offre, & le fit venir pour céte fin. La cause qui induisit ce personnage a choisir ce temps si fauorable a son entreprise, est que durant cete octaue se debuoit tenir au susdict monastere le chapistre general de l'ordre de Fonteurauld, ou la plus part des peres confesseurs des conuants dudict ordre s'assemblent cóme discrets desdicts conuants, pour essire vn visiteur pour ladicte maison de Fontreuauld,

En ce mesme temps l'Abbesse à de coustume faire des Ordonnances pour les conuants dépendants de son autorité auec l'aduis & conseil des Peres visiteurs desdits conuants qui sont ses vicaires, de ses conseillers nés, & des peres confesseurs assemblés, comme à esté dict cy-dessus. Or le bon pere qui de long-temps auoit vn dessein formé en son esprit, se seruit de cete occasion pour le faire éclorre selon qu'il auoit premedité. Ce qu'il feit en deux maniere, qui luy sont reüsies peu fauorablement & tout au contraire de son intention.

Premierement il faict en sorte auec la Dame Abbesse que la structure desdictes Ordonnances, qui debuois se faire auec l'aduis des Peres de l'Ordre est deferée par cete bonne Dame à son iugement particulier, comme si luy seul eust esté capable de policer tout l'ordre, de Fonteurauld, & de le mettre dans vne parfaicte obseruance de son institut. Il faict donc des ordonnances à sa phantasie, desquelles pour parler veritablement, on n'en peut dire aultre chose, sinon que plusieurs articles contenus en icelles sont *præter regulam*.

d'aultres *supra regulam*: & d'aultres *contra regulam*. comme il m'a esté faict veoir manifestement par ce mesme religieux, auquel ie me suis addressé. Ce qu'ayant recogneu & veu à l'œil, i'ay voulu sçauoir de luy qu'elle auoit esté l'intention de ce fabricateur d'ordonnances. Sur quoy il m'a dict que le pere N. auoit eu en cela deux intentions, desquelles n'y l'vne n'y l'autre regarde la gloire de Dieu. L'vne estoit de complaire à certaines religieuses dudict ordre qui ont bonne part à sa bien-veillance, & se gouuernent par ses maximes, comme par des oracles diuins: desquelles les esprits ne se pouuants contenir dans les limites de leur institut, qui est sainct & parfaict se portent à des nouueautés plus propres à satisfaire leurs inclinations particulieres, qu'à les acheminer à vne vraye & solide perfection. L'autre intention de ce personnage estoit de rendre comme necessaires aux maisons de cét ordre soy & ceux de sa compagnie: comme il apert par cét article qu'il à inseré dans lesdictes ordonnances. Que d'oresnauant on ne permettra pas facilement que les Prestres qui n'auront de sa Sainctété pouuoir d'absouldre toutes sortes de personnes entendent les confessions des Religieuses, sans la permission de l'Abbesse ou de ses vicaires. Voulant par ce moien astraindre les religieuses qui ne vouldroiét pas s'addresser à leurs confesseurs ordinaires à se seruir de ceux de sa compagnie, és lieux ou la commodité le permettroit, soubs pretexte qu'ils ont du Pape quelque priuilege pour ouïr les confessions de ceux qui s'addressent à eux : & ce sans la permission de l'Abbesse, n'y d'aucun autre superieur ou ordinaire, auec le seul consentement de la mere Prieure. En quoy il à manqué lourdement, car comme vous sçaués Mon Seigneur, le priuilege qui est donné à ceux de sa compagnie pour ouïr les confessions ne leur donne pas iurisdiction sur les personnes religieuses, ains seulement sur les personnes seculieres : & partant ils n'ont pas plus de pouuoir d'ouïr les confessions des religieuses que les Prestres seculiers : & pour ce faire doibuent necessairement recepuoir la iurisdiction du Pape en vertu d'vn priuilege concedé aux Abbesses de Fontreuauld pour faire election de confesseurs, qui m'a esté communiqué par le susdict religieux, ou bien de l'vn des deux ordinaires qui sont le visiteur & le confesseur ordinaire. Mais non seulement ce bon pere à grandemet erré en ce poinct : ains aussi il a faict paroistre l'inconstance de son esprit quand quelque temps apres extorquant de quelques Docteurs vne decision de certaines questions contre les Religieux dudict ordre, comme ie diray tantost, il a faict dire à ces Messieurs qu'vne Mere Prieure peut donner permission à quelque Prestre que ce soit (pourueu qu'il soit approuué de l'Euesque) d'entendre licitement & valablement les confessions des religieuses, quoy qu'iceluy Prestre n'ayt permission de ce faire, n'y du Pape, n'y de la Mere

Abbesse, n'y du visiteur, n'y du confesseur ordinaire. Ce qui ne s'accorde gueres bien auec l'article susmentionné par luy mis dans les susdictes ordonnances. Car par iceluy il veut oster aux prieures la puissance de se seruir de Prestres non priuilegiés de sa Saincteté: & par céte decision il faict declarer qu'elles ont céte puissance. Mais c'est que le bon pere n'auoit pas bien pris ses mesures quand il dressa les ordonnances, & n'auoit pas bien appareillé toutes ses flustes pour faire vn bon accord.

Il n'à pas esté moins plaisant ou pour mieux dire moins desplaisant en ce qu'il à adiousté ausdictes ordonnances vne regle de modestie & de ciuilité puerile pour les nouices, dans laquelle entre autres preceptes qu'il donne, il leur enioinct d'auoir les yeux baissez sans les éleuer trop hault ou rousler deça & delà, & leur defend d'auoir le front ridé, & beaucoup plus le nés. Pour moy i'ay opinion que quelq'vne s'est presentée a luy qui ne luy estoit pas agreable, & n'auoit pas assez bonne grace, & qu'il à pensé que leurs maistresses manquoient à les former en ce qui est de la ciuilité puerile.

Telle à esté la premiere partie de son dessein. La seconde à esté, qu'il a voulu sapper & ruiner la puissance & iurisdiction que les Peres confesseurs Religieux dudict ordre ont sur les Religieuses des conuants ou ils sont enuoiez par la Mere Abbesse, *quoad forum pœnitentiæ.* Ce que pour executer a propos, il donne a entendre à Madame de Fonteurauld & a Madame de Bourbon sa coadjutrice que cela estoit grandement important & necessaire pour le maintien de leur autorité, au soustien de laquelle il faict mine d'estre grandemenr zelé: & les supplie de faire en sorte qu'il soit appellé a vne assemblée que debuoient faire lesdicts peres confesseurs auec le P. Prieur & le P. Souprieur de Fonteurauld & les deux visiteurs des conuants dependants dudict lieu en presence desdictes Dames & de quelques autres religieuses. Ce qui luy est accordé quoy que contre toute raison, veu que mesme les religieux residants en ce lieu ne sont iamais appellés en cete assemblée; exceptés quelques peres destinés pour le conseil.

Le pretexte dont on se sert pour le faire venir, est qu'on faict mine de vouloir prendre son aduis touchant la maniere de maintenir quelques cures vnies a certains conuants de l'ordre contre l'entreprise de certains Euesques qui vouldroient se les assubiectir, comme les aultres.

Donc le personnage estant arriué, & ayant pris place au dessus de toute l'assemblée, comme s'il eust esté le Superieur souuerain de touts ces bons Peres, la difficulté pretendue luy ayant esté proposée par Madame de Fonteurauld, il prend la

parolle,

parolle, & comme vn grand orateur faict vn grãd discours, qui estoit aussi peu a propos de ce qui luy auoit esté mis en auant, comme peu estoit veritable le pretexte, dont on s'estoit seruy pour l'appeller en l'assemblée. Il tranche de touts les costés, il en donne d'estoc & de taille, & ioue si bien son personnage que venant de fil en aiguille, & faisãt vne belle digression, ou pour mieux dire extrauagance du subject qui auoit seruy pour colorer sa venuë, il tombe sur celuy qui en effect l'auoit amené en céte assemblée. Il vient à prononcer des maximes touchant la iurisdiction que les Peres confesseurs ordinaires des Monasteres de l'Ordre de Fonteurauld ont sur les Religieuses quand au Sacrement de Penitence, & definit que céte iurisdiction est purement & simplement deleguée, & non ordinaire: puis formant vne theologie toute nouuelle, il adiouste qu'elle est cõferée à ces bons Peres par Madame de Fonteurauld, qui les enuoie dans les conuants: & en suite de ce que les Prieures des conuants dépẽdants de Fonteurauld peuuent de leur seule autorité conferer iurisdiction sur leurs Religieuses à quelques Prestres que ce soient, mesme n'ayants du Pape aucun priuilege pour ouït les confessions.

Vous voiés, Monseigneur, le dessein du personnage, & sa charité enuers les religieux de l'ordre de Fonteurauld. Mais vous sçaurés aussi sil vous plaist la iuste defense dont ces bons peres ont vsé contre cét agresseur. Ces maximes ayants esté données par cét inuenteur d'vne nouuelle theologie, quelques vns de la compagnie qui auoient du sang aux ongles, & du courage pour le moins autant que luy, prenent la parolle, & pour le faire taire du premier coup luy iettent au nés vn passage de leur regle, ou il est dict expressement que le Pere confesseur a puissance ordinaire d'absouldre les freres & sœurs au Sacrement de penitence, & luy maintiennent fort & ferme que la iurisdiction qui conuient aux dicts Peres confesseurs sur les religieuses n'est pas simplement deleguée, ains ordinaire : & en suite de ce que leur regle estant approuuée de l'autorité Apostolique, cete iurisdiction leur est aussi conferée de l'autorité Apostolique, & ce moiennant le consentement de Madame de Fonteurault, par laquelle ils sont enuoiez dans les conuants ; voire mesme qu'il est impossible qu'elle leur soit conferée par ladicte Dame de Fonteurauld, qui à raison de son sexe estant incapable de cete iurisdiction ne peut la communiquer à d'autres : & pour la mesme raison que les Prieures des conuants ne peuuent la conferer à aucun Prestre, ains que pour admettre des confesseurs extra-ordinaires dans les conuants, elles doibuent necessairement auoir par le consentement de Madame de Fonteurault l'vsage d'vn priuilege concedé par le Pape Sixte quatriesme aux Abbesses de Fonteurauld, leur donnant pouuoir de faire election de confesseurs, & d'estendre ce priuilege aux personnes dépendantes de leur autorité quand elles iugeront expediant : & que hors mis ce cas lesdictes Prieures ne peuuent sans le consentement de leur visiteur ou de leur confesseur ordinaire se seruir de confesseurs extraordinaires pour ouir les confessions des religieuses. Le passage de la regle ayant esté mis en auant par ces bons Peres, leur aduersaire qui ne s'attendoit pas d'estre r'embarré si a propos, passe vn accord auec eux, que s'ils luy representoient le passage allegué, il mettroit les armes bas. Alors la regle est apportée, le passage est cherché, trouué, & monstré à ce personnage bien escript, & de bonne ancre. Mais comme il est fort difficile à vn esprit peu fondé en humilité de se cõfesser vaincu, mesme quand la chose est toute claire : ce bon Pere par vne subtilité & vn traict de souplesse conforme à son esprit, va chercher midy à quatorze heures, & forge en sa teste vne explication toute friuole, qu'il propose de la sorte. Il y à difference dict il entre iurisdiction ordinaire & puissance ordinaire d'absouldre, car puissance ordinaire d'absouldre est seulement puissance d'absouldre ordinairement, & coustumierement : & iurisdiction ordinaire est vne puissance qui conuient à raison de quelque office pastoral. Partant adiouste il, les Peres Confesseurs des Monasteres de l'Ordre de Fonteurauld ont par leur regle puissance d'ouir ordinairement les confessions des Religieuses, mais non iurisdiction ordinaire, par ce que, dict il, ils ne sont pas Pasteurs ayants charge d'ames.

Céte belle explication ayant esté mise en auant par cét esprit si subtil en ses distinctions, elle est rejectée par ces bons Peres comme ridicule, & est fortement combattue, iusques là que le personnage se voiant assailly de toutes parts d'objectiõs fortes & puissantes, il s'eschauffa dit on dans son harnois, & se mit en ferueur contre ses aduersaires. Il leur dit qu'ils vouloient tromper Madame leur Abbesse, & auoient quelque dessein fort preiudiciable à son autorité. Que voulants ruiner le corps de leur Ordre ils attaquoient premierem ẽt le chef pour par apres venir plus facilement à l'execution de leur dessein. Bref il laisse aller plusieurs autres parolles indignes de la bouche d'vn Predicateur. De sorte que ie suis estonné cõment ces bons Peres eurent tant de patience & ne le chasserent de leur assemblée, comme il le meritoit. Sans doubte vn grain de leur modestie luy eust faict grand bien en céte occasion.

Comme ces bons Peres veirent leur hõme ainsi eschauffé & animé, se rendant incapable de toute raison, ils ne voulurent pas contester dauantage: ains pour terminer la dispute passerent vn accord que toute la cõtrouerse seroit refferée à Messieurs de Sorbonne, pour estre examinée & decise par par céte Noble faculté vraye propugnatrice de la verité, & ennemie du mensonge. Ce qui ne fut trouué gueres bon de leur aduersaire; car il desireroit fort qu'ils s'en r'apportassent à son iugement, ou qu'aumoins ilz remissent la definition de la dispute entre les mains de ceux de sa robe comme si eux seuls eussent esté capables de iuger sainement de cete affaire. C'est ce qui fut cause que le lendemain de la dispute Preschant dans l'Eglise des Religieuses il feit parroistre le mescontentement qu'il en auoit. Car ayant l'esprit appliqué non seullement au subiect de sa Predication, mais aussi à ce qui s'estoit passé le iour precedent alleguant quelque passage de Sainct Paul, il s'aduisa de qualifier ce grand Apostre Docteur de Paradis, & non de la Sorbonne de Paris, offensant par cete façon de parler cete tant celebre academie qui iusques à maintenant à produit, & produict touts les iours tant de braues hommes Disciples de Sainct Paul & sectateurs de sa doctrine. Mais de cela il le fault excuser d'autãt que le pauure homme sentoit desia bien que son affaire iroit mal, & que la Doctrine nette & profonde de cete faculté n'estoit pas pour adherer à la sienne, qui estoit nouuelle & inoüie.

Or ce pendant qu'il estoit ainsi occupé à la predication quelques vns de ces bons Religieux s'aduiserent d'aller faire la queste pour le recompenser de son trauail; & pour cét effect s'en allerent à la Fleche pour mendier de ceux de sa compagnie lumiere pour celuy qui en auoit besoing, & le pain solide de la verité pour celuy qui auoit souſtenu vne faulſeté manifeſte, affin que ſe voyant conuaincu par le teſmoignage meſme de ceux de ſa robe, il fuſt d'autant plus efficacement r'eſtably dans la cognoiſſance, ou pour mieux dire, dans l'amour de la verité, que plus il auoit d'obligation de deferer au iugement des ſiens, qui auoient en céte affaire l'eſprit moins intereſſé que le ſien. Ils propoſent donc aux Peres de ce Colege trois queſtions correſpondentes aux trois propoſitions auancées par le P. N. en la forme qui ſuit.

1. *q.* Premierement on demande ſi les Religieux de l'Ordre de Fonteurauld, lequel eſt immediatement ſubiect au Sainct Siege appoſtolique, eſtants eſtablis par la Mere Abeſse, Confeſſeurs dans les Monaſteres dudict Ordre, & ayants puiſſance ordinaire d'abſouldre les Freres & les Sœurs au Sacremens de Penitence, ſelon qu'il eſt porté au 6. Chap. de leur Regle; tiennent leur iuriſdiction du Sainct Siege Apoſtolique, par l'autorité duquel a eſté faicte & approuuée ladicte Reigle, ou du viſiteur des Monaſteres dudict Ordre, ou de la Mere Abbeſſe par laquelle ils ſont eſtablis Confeſſeurs dans leſdits Monaſteres: en ſorte que céte iuriſdiction leur ſoit immediatement conferée par elle; ou bien par le Pape, ou par le viſiteur, ſuppoſée l'election ou confirmation deſdicts Peres Confeſſeurs faicte par la Mere Abbeſſe.

2. *q.* Secondement on demãde, ſi les Superieures

des Monasteres dudict Ordre, à raison de leur Superiorité, & sans le consentement du Visiteur, ou des Confesseurs ordinaires peuuent donner iurisdiction en ce qui est du Sacrement de Penitence sur les Religieuses qui leur sont subjectes à des Prestres non Priuilegiés, & qui n'ont d'ailleurs aultre iurisdiction sur elles : en sorte qu'elles puissent de leur seule autorité & sans aucun priuilege admettre quelques Confesseurs que ce soient reguliers ou seculiers, & permettre à leur inferieure de se confesser à eux sans le consentement des susdicts ordinaires, à sçauoir Visiteur ou Confesseur.

3. q. Tiercement on demande si la puissance ordinaire d'absouldre les Freres & Sœurs qui est concedée auxdicts Religieux Confesseurs par leur Regle, est vrayement iurisdiction ordinaire, qui leur conuienne, *ratione officij* en vertu de laquelle ils puissent par delegation substituer quelques fois en leur place aultres Prestres, n'yants d'ailleurs aucune iurisdiction sur les Religieuses desdicts Monasteres : & ce principalement en cas de necessité suruenante, comme d'absence de malladie, ou de trop grandes occuppations, qui ne leur permettroiẽt de vacquer à l'audition des Confessiõs.

Ces trois questions ayants esté proposées de la sorte aux Peres de la Fleche, & leur ayant esté pareillement exposée par ces bons Religieux l'opinion que le susdit personnage (duquel ils faisoient le nom) auoit maintenüe touchant icelles, ils furent si estonnés de la nouueauté de sa doctrine, qu'ils feirent difficulté de croire qu'aucū homme docte eust auancé des choses si absurdes, tenants pour vn ignorāt celuy qui auoit mis en auant vne Theologie si nouuelle & inoüie: & ayants conferé par entre-eux de céte matiere, apres auoir consideré & examiné les statuts & Priuilleges de l'Ordre de Fonteurauld rendirent d'vn commun accord resolution, sur les trois questions proposées en céte forme.

Response aux trois demandes.

A LA Premiere demande on respond que le sexe fæminin estant incapable de iurisdiction, *quoad forum interius* De laquele seulle il est icy question, les sudicts Confesseurs ne peuuent receppuoir leur Iurisdiction de la Mere Abbesse: car puisquelle n'à aucune telle Iurisdiction, elle ne peut la conferer à d'aultres. Il semble aussy qu'ils ne la recoipuent du Visiteur, par ce qu'ils ne sont pas establis Confesseurs dans les Monasteres, ny confirmés par les visiteurs, ains par la Mere Abbesse. Il fault donc dire qu'ils la tiennent du souuerain Pontife, par l'autorité duquel comme dict à esté leur Regle à esté faicte & approuuée: & par icelle leur à esté conferée céte puissance ordinaire d'absouldre les freres & sœurs qui est mentionnée au 6. chap. de leur Regle. *Præsideat fratres Pater confessor,*

confessor, qui habeat potestatem ordinariam absoluendi in foro interiori tam fratres quam sorores. Laquelle puissance ordinaire quoy qu'ils la tiennent du Pape ils ne la peuuent neantmoins recepuoir de luy sinon supposée l'election & confirmation faicte d'iceux pour Confesseurs par la Mere Abbesse, comme estant vne condition sans laquelle ils ne ne la peuuent recepuoir.

A LA Seconde on respond, que la mesme raison qui prouue que les Confesseurs ordinaires de l'Ordre de Fonteurault ne recoipuent pas leur iurisdiction de la Mere Abbesse, prouue aussi que les Supperieurs des Monasteres dudict Ordre, ne peuuent donner iurisdiction sur leurs inferieures à des Prestres qui d'ailleurs n'ont sur elle aucune iurisdiction: & que sans quelque Priuilege special elles ne peuuent admettre dans leurs Monasteres tels Confesseurs, sinon auec le consentemẽt du visiteur ou du Confesseur ordinaire. Mais en vertu d'vn Priuilege qu'vne Abesse de Fonteurauld a obtenu du Pape Sixte quatriesme, par lequel il luy est permis de faire election d'vn Confesseur regulier ou seculier, tãt pour elle que pour les personnes de l'vn & l'aultre sexe contenues en son ordre, lequel les puisse absoudre vne fois en leur vie de touts cas & de toutes censures mesme reseruées au Sainct Siege Apostolique, & des aultres cas toutes & quantesfois que besoing sera, lesdictes Superieures, sçauoir est tant la Mere Abbesse de Fonteurauld, que les Prieures des autres Conuants, auec le seul consentement de ladicte Abbesse, peuuent quand besoing sera admettre dans leurs Monasteres quelque Confesseur extraordinaire auquel en ce cas le souuerain Pontife donne iurisdiction sur elles.

A LA Troisiesme on respond, que iurisdiction ordinaire. *In foro interiori.* & puissance ordinaire d'absouldre sont vne mesme chose: & que par consequent les Peres Confesseurs establis par la Mere Abbesse dans les Monasteres de l'Ordre de Fonteurauld ayants par l'autorité du Sainct Siege Apostolique puissance ordinaire d'absoulde les freres & sœurs au Sacrement de Penicence, comme il est porté par leur Regle susalleguée, ils ont iurisdiction ordinaire *in foro interiori* Qui leur conuient *ratione officij.* D'ou il s'ensuit que d'autant que tout ordinaire peut deleguer, ils peuuent cōme ayants puissance ordinaire substituer quelques-fois en leur place quelques Confesseurs, & leur conceder iurisdiction sur les Ames qui leur sont subjectes en ce qui est du Sacrement de Penitence: & ce auec le consentement des Superieures des Conuants ou ils resident, ausquelles appartient de permettre à leurs inferieures de s'addresser à tels Confesseurs extra-ordinaires.

Ayant leu ces Questions & responses, ie certifie qu'elles sont bien resoultes selon le droict

Canon & les Regles & Priuileges du Monastere de Fonteurauld & de tout l'Ordre. Christofle Brosard, de la Compagnie de Iesus. ce 14. Iuin 1627.

Les Religieux de Fonteurauld desiroient que ladicte resolution fust signée & soubscrite des aultres Peres Theologiens du College de la Fleche, qui auoient touts esté de mesme aduis que le P. Brossard. Mais il leur dirent que le seul seing dudict Pere valoit autant comme ceux de touts ensemble, pour la grande capacité & suffisance de ce persõnage, lequel quelq'vn d'entr'eux disoit estre la Bibliotheque de la maison. Et ainsi ces bons Religieux se retirerent ayants dequoy bien faire au P. N. leur aduersaire: lequel ne s'attendant à rien moins & ne sçachant pas que durãt le temps de sa predication on auoit faict pour luy vne queste si charitable, faict vn voiage de Fonteurauld à la Fleche, armé d'vne resolution d'emploier le verd & le sec pour joindre à son opinion les Peres du College de la Fleche. Mais le bon-homme fut bien estonné quand il se veit preuenu par les autres, & beaucoup plus quand il veit ses confreres si fortement arrestés à leur premiere resolution qu'ils ne vouloient aucunement la retracter.

Tout ce qu'il peut faire à lors fut de s'animer contre les siens, en la mesme maniere qu'il auoit faict contre les Religieux de Fonteurauld, & de prescher la passion pour vne seconde fois, apres auoir presché les loüanges du Sacrement de paix d'vnion & de concorde. Mais les bons Peres qui portants vn mesme habit que luy auoient vn esprit tout different du sien, ne s'en esmeurent gueres, ains le laisserent retourner à Fonteurauld aussi pauure & aussi nud qu'il en estoit party, mais vn peu plus morfondu & refroidy.

La estant de retour, il ne se vanta pas d'auoir esté supplanté (car il faict bon battre orgueilleux, iamais il ne s'en vantera) mais il se contenta de faire ses plaintes & doleances à Madame de Fonteurauld, & à quelques autres Religieuses, disant que les Religieux de Fonteurauld auoient mal proposé leurs questions, sans auoir communiqué aux Peres de la Fleche les pieces dōt la veüe estoit necessaire pour rendre vne bonne resolution. Ce qu'il dict tres-mal à propos & contre la verité, veu que le P. Brossard auoit attesté que cete resolution estoit conforme au droict Canon & aux regles & priuileges de l'Ordre de Fonteurauld. Ce qu'il n'eust peu dire s'il n'eust eu communication des pieces. Ce personnage adjousta en ses plaintes que les susdicts Religieux s'estoient seulement addressés à vn vieil resueur (il qualifioit de ce beau tiltre le Pere Brossard) qui seul auoit signé & souscript la susdicte resolution, & que son autorité n'auoit pas grand poids n'estant pas appuiée de l'autorité des autres. Et voila comment le personnage dont il est question s'est comporté à Fonteurauld & à la Fleche.

Quelque temps apres il s'en retourne à Paris auec vn dessein de ne rien espargner pour auoir la raison du bon traict que luy auoient ioüé les Religieux de Fonteurauld. Pour cét effect il prend resolution de se seruir de l'autorité de quelques vns de Messieurs nos Maistres, au iugement desquelz les Religieux de Fonteurauld auoient referé la decision de leur controuerse. Et quoy que ces bons Religieux n'eussent dessein de s'arrester à aultre definition qu'a celle qui seroit donnée de la Faculté mesme, bien instruicte & informée de toutes les raisons de part & d'aultre, & non à celle qui pourroit estre par luy obtenuë subrepticemẽt de quelques Docteurs particuliers par luy preoccupés; neantmoins craignans auec iuste subiect que si l'affaire estoit esuétée en quelque assemblée generale de ce corps sacré, il seroit en danger d'estre encores supplanté pour vne seconde fois, il s'aduise pour le plus seur de s'addresser à vn Docteur particulier, qui est Monsieur Du Val, auquel il propose trois questions, non en la maniere qu'il les debuoit proposer, selon qu'eles auoiẽt esté agitées entre les Religieux de Fõteurauld & luy, mais en vne aultre toute dissemblable. Au lieu de la premiere il en substitue vne aultre, qui iamais n'auoit esté mise en dispute par les Religieux de Fonteurauld, n'y auec luy, n'y auec aucun aultre. Car au lieu de proposer si la iurisdiction que les Peres

Confeſſeurs de l'Ordre de Fonteurauld ont ſur les Religieuſes leur eſt conferée par Madame de Fonteurauld, il propoſe, ſi Madame de Fonteurauld à vraye iuriſdiction Eccleſiaſtique & ſpirituelle ſur toutes les perſonnes de ſon Ordre. Pareillement il altere les deux autres, & au lieu de les propoſer en vn ſens net & clair, il les rend fort ambiguës, comme Mon-Seigneur recognoiſtra facilement par le formulaire de ſes propoſitions que i'inſereray bien-toſt en la preſente. Mais de cecy ie ne me ſuis pas beaucoup eſtonné : car tout auſſi-toſt que i'ay eu communication des queſtiōs par luy propoſées & de la reſolution donnée ſur icelles par trois de nos Meſſieurs, & qu'ayant confronté ces queſtions & cete reſolution auec les queſtions propoſés par les Religieux de Fonteurauld aux Peres de la Fleche, & auec la definition donnée par iceux, i'ay trouué ſi peu de conformité entre les vnes & les aultres : i'ay apperçeu que le galand auoit faict cecy à deſſein pour ne pas tomber en confuſion : comme il luy fuſt arriué infailliblement ſ'il euſt faict aultrement & euſt procedé ſimplemēt. Car iamais il n'euſt peu faire dire à Monſieur Du Val, n'y à aucun aultre Docteur q'vne fille telle qu'elle ſoit, puiſſe conferer à des Preſtres la iuriſdictiō, *quoad forum pœnitentiæ*. telle eſt la forme en laquelle il à propoſé ſon faict.

Premiere queſtion. Si l'Abbeſſe de Fonteurauld à vraye iuriſdictiō Eccleſiaſtique & Spirituelle ſur toutes les personnes Religieuses de l'Ordre de Fonteurault, de l'vn & l'autre sexe.

Seconde question. Si les Peres Confesseurs Religieux de l'Ordre de Fonteurault ont la iurisdiction ordinaire sur les Conuants desquels ils sont Peres Cõfesseurs : en sorte qu'en l'administration des Sacrements ils soient Pasteurs ordinaires des Conuants, ainsi que les Curés sont de leurs Parroissiens : en sorte aussi qu'ils puissent donner licence à vn Prestre qui d'ailleurs n'en à point d'entendre valablement les confessiõs des Religieuses, desquelles ils sont Peres Confesseurs; ou bien s'ils n'ont la iurisdiction que par commission.

Troisiesme question. Si la Mere Prieure donnant permission à ses Religieuses de se confesser à vn Prestre, soit regulier soit seculier, approuué par l'Euesque, qui d'ailleurs n'à point permission du Pape, n'y de l'Abbesse de Fonteurauld, n'y du Visiteur, n'y du Pere confesseur d'entendre les confessions, ledict Prestre peut valablement confesser & absouldre lesdictes Religieuses: encores que n'y elles n'y le Prestre n'ayent permission de ce faire d'aucun aultre que de la Mere Prieure.

Vous voiez Monseigneur le peu de fidelité du personage, vous voiez la duplicité d'vn esprit, qui au lieu de chercher purement la gloire de Dieu & l'esclaircissement de la verité n'à cherché aultre chose que son interest, & l'abbaissement & humiliation de ceux ausquels il auoit protesté de faire retirer les cornes comme à des limaçons qui veulent sortir de leurs coquilles. Or vous sçaurés s'il vous plaist, que Monsieur Du Val ayant esté prié de donner son aduis sur ces questions à luy proposées, pensant qu'il s'agissoit d'vne part de l'autorité de Madame de Fonteurault, & de l'autre de la liberté que doibuent auoir les ames en l'vsage du Sacrement de Penitẽce, comme il est homme fort pieux & zelé, il consentit facilement à dõner vne resolutiõ telle que la desiroit le postulant; & sans beaucoup examiner les pieces qui luy auoient esté mises entre les mains, & données à entendre tout de trauers il proposa son aduis en la maniere qui luy sembla la plus expediante; lequel fut suiuy par apres de deux aultres qui par respect à son autorité, à laquelle ils deferent beaucoup ne s'amuserent pas à discuter cete matiere, mais par vne pure demission de leur iugemẽt au sien soubscripuirent à son opinion. Telle à esté la response de ces trois Messieurs.

RESPONSE ET RESOLVTION DE Messieurs les Docteurs.

Nous soubz signés Docteurs en Theologie de la faculté de Paris, apres auoir veu & consideré la Bulle de Sixte 4. Datée de l'an 1483. Celle de Clement septiesme de l'an 1523. La forme de l'obedience

ence que l'Abbesse comme chef & general dudit Ordre à coustume de donner à ses Religieux pour estre Confesseurs de quelques Conuants de son Ordre, les chap. de la Regle, d'ordonner la Prieure, de la puissance de l'Abbesse : & les chap. de la Regle des Freres, de l'obedience, & du diuin office, lesquels nous ont esté fidelement exposés & exhibés, auons esté & sommes sur les questions cy-deuant alleguées de l'aduis qui s'ensuit, à sçauoir.

Quand à la premiere que la Dame Abbesse de Fonteurauld comme chef & general dudit Ordre à vraye iurisdiction Ecclesiastique & Spirituelle sur toutes & vne chacune des personnes Religieuses de son ordre tant de l'vn que de l'autre sexe comme il apert manifestement en deux endroicts de la Regle confirmée par Sixte quatriesme. chap. de la puissance de l'Abbesse. Que l'Abbesse exerce sur vous vne libre puissance & iurisdiction. Et vn peu plus bas. Qu'alors l'Abbesse puisse exercer sur les personnes de vostre Congregation vne entiere puissance & iurisdiction.

Quand à la seconde nous disons que les Peres Confesseurs dudict ordre n'ont point iurisdiction ordinaire, n'y ne sont point en l'administratiõ des Sacrements Pasteurs ordinaires des Religieuses, des Conuants esquels ils sont establis Cõfesseurs, ainsi que sont les Curez de leurs Parroissiens, n'ayants ledict pouuoir de confesser sinon par commission de la Mere Abbesse reuocable à sa volõté, comme il est porté par la forme d'obedience qui leur est dõnée pour ce regard : & ne pouuants pas par eux mesmes deleguer vn autre Prestre pour les assister, & ouir les confessiõs desdites Religieuses, comme il se collige de la mesme Regle chap. des iours & heures de confession. De sorte que s'ils s'ingerent d'en nommer quelq'vn par leur autorité seule, iceluy ne peut pas valablement entendre les confesſions desdictes Religieuses qui se confesseront à luy.

Quand à la troisiesme nous disons que la Mere Prieure peut dõner permiſsion à tel Prestre qu'elle iugera à propos (pourueu qu'il soit approuué de l'ordinaire) d'entendre legitimement & valablement les confesſions de ses Religieuses, encores que ledict confessur ne soit pas commis & deputé à ce faire, soit par le Pape, soit par la Dame Abbesse, soit par le Visiteur, comme auſsi par cõsequent ladite Mere Prieure peut donner permisſion & licence à ses Religieuses de se confesser au susdict Prestre regulier ou seculier, & qu'iceluy les absolue de leurs pechez legitimement & valablement, ayant lors ledict Prestre (ladite licence de la Prieure supposée) la iurisdiction suffisante & necessaire pour absouldre Sacramentalement lesdites Religieuses, selon qu'il se collige des parolles de la regle confirmée par l'autorité Apostolique.

au chap. de la puissauce de la Prieure. Deliberé à Paris ce 13. Aoust 1627. Et signé au bas.

I. CHARTON *Pœnitentiarius.*

ANDREAS DV VAL *Regius Theologiæ Professor.*

PETRVS LE CLERC *Doctor Sorbonius & Theologiæ Professor.*

CETE resolution ayant esté extorquée par subreption de ces trois Messieurs par le P. N. au desçeu des religieux de Fonteurauld, qui n'en auoiét ouy ne vent n'y nouuelles, ce personnage s'aduise d'vne nouuelle inuention pour contrepointer les Peres de la Fleche qui auoient esté cõtraires à son opinion, & pour leur dresser vne contrebatterie s'addresse à quelques vns de ceux de Paris, leur communique la resolution donnée par nos trois Messieurs, & les prie d'en donner vne semblable. Que dis-je les prie? Il les importune tellemẽt que ces bons Peres n'osans pas esconduire vn de leurs Confreres qui s'estimoit auoir acquis sur eux de grandes obligations, contre le iugement de leur propre conscience satisfeirent à son desir, quoy qu'à regret, cõme à tesmoigné par apres vn d'entr'eux, nommé le P. Ignace Armãd Recteur pour lors au College de Paris. Sur quoy il ne fault pas obmettre que la resolution donnée par les Peres de Paris conformemẽt à celle qui auoit esté donnée par les trois Docteurs, à esté signée & soubscripte par celuy-là mesme qui l'auoit procurée, qui par vne subtilité toute ridicule de partie aduerse cõtre les Religieux de Fonteurauld s'est faict leur iuge auec les autres comme si son autorité en ce subiect eust deu auoir vn grand poids contre ses aduersaires.

Cela faict, & les Peres de Paris ayants donné leur resolution selon le desir du postulant, voila le personnage aussi resiouy comme s'il eust conquis vn Royaume, son cœur se dilate, son esprit bondit de ioye, il chante victoire & se prepare desia au triomphe. Il escript à Madame de Fonteurauld, & luy enuoie le pacquet : il conuie ses filles spirituelles qui sont dans Fonteurauld adherantes à ses desseins à luy congratuler d'vne si belle victoire. En fin il traicte si delicatement l'esprit de la bõne Dame & de ses dictes filles, qu'il porte la Dame à vne grande resiouissance, comme si son autorité eust esté par cẽte resolution releuée iusques à la Papauté, & ses fidelles filles à vne exultation de veoir l'affaire reüssie à l'auantage de leur Pere spirituel, & au detriment de ceux qui sont vrayemẽt leurs Peres & leurs freres. Outre ce il s'aduise d'vn aultre artifice pour ne rien obmettre de ce qui pourroit seruir à l'execution de son entreprise; & escripuant au Pere Recteur de la Fleche l'aduertit de la resolution donnée par les trois Docteurs de Sorbonne & par ses confreres de Paris, & le sollicite de faire en sorte que ceux qui auec son aduis & consentement auoient premieremēt fauorisé à la cause des Religieux de Fonteurauld viennent à tourner casaque & à chanter la palinodie. Ce qu'il feit auec tant de supplicatiōs que le bon Pere recteur soit pour se joindre auec ceux de Paris, soit pour ne pas desobliger le postulant, contrainct ses Religieux à se desdire, & à se conformer à l'aduis des aultres : puis escripuant vne belle lettre à Madame de Fonteurauld, la prie de ne pas trouuer estrange, si luy & les siens changet d'aduis touchant les questions qui leur auoient esté proposées, alleguāt pour excuse qu'ils auoiēt esté surpris & mal informés par les Religieux de Fonteurauld, qui ne leur auoient pas disoit il cōmuniqué toutes les pieces, qui estoient necessaires à veoir pour rendre vne resolution certaine. En quoy si le bon Pere à dict vray, ie m'en rapporte, veu que, comme i'ay remarqué cydessus le P. Brossard qui auoit signé au nom de tous rēdoit tesmoignage que céte resolution estoit conforme au droict Canon & aux Priuileges de l'Ordre de Fonteurauld.

La Dame Abbesse ayant reçeu céte lettre auec vne seconde resolution contraire à la premiere tient l'affaire pour faicte, & ne voiant pas le fiel & le venin caché soubs vn miel apparent d'autorité

& de iurisdiction, ne penetrant pas aussi dans l'intention du personnage, qui soubs pretexte de maintenir son autorité la cōbattoit & destruisoit, donne charge à ses vicaires de publier par ses Cōuants cete belle resolution, ou pour mieux dire cete dissolution, qui pour le bien de son autorité & de celle de ses vicaires debuoit estre supprimée par vn eternel silence: & mesme elle prend la peine d'enuoier des coppies tant de la resolution donnée à Paris que de celle de la Fleche en quelque Conuant de son Ordre.

Sur-ce faict les Religieux de Fonteurauld voiants toutes ces menées, & iustement indignés de telles procedures, pour veoir d'vne part leurs droicts & priuileges, dont la conseruation leur est totalement necessaire pour trauailler fructueusement au salut des ames impugnés & contredicts par la sonde partie de ladicte resolution qui leur denie la iurisdiction ordinaire; & d'aultre part l'autorité de leur Dame Abbesse attaquée & assaillie par la troisiesme partie qui donne pouuoir aux Prieures d'eslire d'aultres Confesseurs que ceux qui leur sont donnés par leur souueraine, s'arment de courage, & prenent resolution de faire aborder par quelques vns d'entre-eux les trois Docteurs susnommés, pour sonder quel auoit esté leur dessein en donnant cete resolution, & qu'elles raisons les auoient induict à la donner si facilement au desceu de la partie interressée: & pour leur faire veoir le peu de conformité qui estoit entre leurs Regles & Priuileges d'vne part, & cete definition de l'aultre. Ceux là donc d'entre-eux qui auoient cete Commission abordent Monsieur Du Val luy presentent leurs Statuts, luy representent le passage par lequel est concedée au Pere Confesseur puissance ordinaire d'absouldre les freres & sœurs au Sacrement de Penitence, luy mettent en auant la Bulle de Sixte quatriesme, par laquelle est donné pouuoir à l'Abbesse d'élire des Confesseurs, & aux Prieures seulement auec le consentement de l'Abesse, & non aultrement. Par apres luy font veoir que n'y la Bulle de Clement septiesme qui ne traicte que de l'Institution des visiteurs, n'y la forme d'obedience que Madame de Fonteurauld donne à ses Religieux, n'y touts les Chap. Tant de leur Regle que de celle des Sœurs, qui sont par luy cités en sa resolution ne portent vn seul mot qui fauorise à son opiniõ. A raison dequoy ils luy maiintiennent fort & ferme qu'il s'est laissé surprendre & deceuoir, & enfin le reduisent à tel poinct qu'il se repét de s'estre meslé de céte affaire, & vouldroit n'y auoir iamais pensé. Sur-ce ils le supplient d'expliquer en leur faueur, & selon la verité la resolution par luy donnée: mais à cecy il trouue vne grande difficulté. Car il y va, dict il, de son honneur, il ne veut pas estre tenu pour vne girouette qui se tourne à tout vent, & dict q'vn iuge quoy qu'il ayt mal iugé, ne doibt pourtant pas chãger sa sentence, de crainte qu'il ne soit condamné de legereté. Pareillement Monsieur Le Clerc recognoist qu'il s'est trop precipité, & dict franchement qu'il n'est point opiniastre, ains est tout prest de se desdire, adioustant qu'en céte affaire il à deferé au iugement de Monsieur Du Val, sans l'auoir examinée, comme iugeant qu'il ne pouuoit errer apres vn si docte personnage. Monsieur Charton se rãge aussi à la raison fort facilement, & promet de changer d'aduis au cas que Monsieur Du Val y veille entendre. Mais comme i'ay dict, Monsieur Du Val craignãt de faire quelque bresche à son honneur & d'estre blasmé de legereté recule tant qu'il peut, & mesme dissuade les deux aultres de retracter ce qu'ils auoient opiné auec luy. Neantmoins il est tellemẽt poursuiuy que force luy est, sinon de chãger d'aduis, au moins d'acquiescer à ouir tout à loisir les raisons de la partie lesée, & de donner quelque modification aux propositions par luy auancées vn peu trop hastifuement. Pour cét effect il conuoque plusieurs aultres Docteurs de ses amis, & leur donne iour & heure pour s'assembler en sa chambre, affin de conferer par entre eux de céte matiere & en deliberer prudemment & sagement. Les conuoqués estoient oultre ledit Sieur Du Val, Monsieur Le Clerc, Monsieur Isambert, Mõsieur Charton, Monsieur Lescot, le Rd. P. Reuerdy Augustin, le P. Dom Eustache Fueillans, Mõsieur Martin Soubspenitentier, & deux autres qui ne m'ont peu estre nommés par le Religieux qui m'à faict le reçit de ces choses, pour n'estre pas cogneus de luy. Touts ces Docteurs assemblés auec vn Religieux de Fonteurauld, qui est Confesseur des filles Dieu de Paris commis par les siens en céte affaire, font exposer à ce bon Religieux tout le faict dont il estoit question : lequel prenant la parolle, commence à déduire les questions qui auoient esté agitées à Fonteurauld entre ceux de son Ordre & le P. N. propose l'opiniõ que ce Pere auoit soustenu touchant icelles, & la resolution qu'il auoit extorquée des trois Docteurs : met en auant les Statuts & les priuileges de son Ordre, suppliant ces Messieurs de les considerer & examiner, &en suite de ce, de proposer leur aduis touchant lesdictes questions & la resolution donnée par trois dentre eux. Tout aussi tost voila ces Messieurs à la dispute, chacun mettant en auant ses raisons fortement selon son opinion. En quoy ils s'eschaufferent tellement que la dispute fut continuée plus de trois heures auec beaucoup de ferueur & de courage. En fin ils tomberent touts d'accord, & proposants chacun leur aduis par diuerses fois donnerent touts vnanimement céte explication à la resolution qui auoit esté donnée par trois d'entre eux. Sçauoir est.

Quand à la premiere partie, que ce qui est dict de l'autorité & iurisdiction que la Dame Abbesse de Fonteurault à sur toutes les personnes de son Ordre se doibt entendre de la puissance de superiorité, & non de la puissance de conferer la iurisdiction necessaire pour l'administration du Sacrement de penitence.

Quand à la seconde que ce qui est dict des Peres Confesseurs qu'ils n'ont pas iurisdiction ordinaire comme les Curés &c. se doibt entendre en ce sens; qu'ils ne sont pas irreuocables en l'administration de leurs offices comme les Curés : mais non pas qu'ils n'ayent iurisdiction ordinaire tant sur les freres que sur les sœurs : ains qu'au cōtraire ils l'ont telle en vertu de leurs Statuts confirmés par l'autorité Apostolique de Sixte quatriesme.

Quand à la troisiesme que ce qui est dict touchant la Mere Prieure qu'elle peut élire toutes sortes de Confesseurs &c. cela s'entend supposé le consentement de la Dame Abbesse qui peut communiquer aux Prieures le priuilege à elle donné par Sixte quatriesme pour faire élection de Confesseurs, lequel consentement ladite Dame pourra reuoquer ou restraindre aux dictes Prieures quand elle iugera expediant.

Sur quoy Monseigneur, vous remarquerés s'il vous plaist deux choses. L'vne est que ces modifications de la resolution donnée par les trois Docteurs ont esté aduoüées & prononcées par ceux la mesmes qui estoient auteurs de cete resolution tombants d'accord auec les sept aultres, comme estants conuaincus par l'euidāce de la chose. L'autre est que sur la seconde partie vn des trois susnōmés voulut maintenir que les Peres Confesseurs, quoy qu'ils ayent iurisdiction ordinaire ne peuuét pourtant deleguer, n'y communiquer leur iurisdiction à d'aultres Confesseurs: mais les deux autres luy resisterent & furent suiuis de touts les aultres, qui conclurent que les Peres Confesseurs comme estants vrays ordinaires pouuoient deleguer: & ce soubz l'aduœu de la Mere Prieure, comme estant necessaire non pour conferer la iurisdiction aux Prestres, mais pour donner la permission aux filles de s'addresser à eux.

Par la Monseigneur, vous voiés comment en fin la verité à triomphé du mensonge, & cōment Dieu à pris en main la cause de ces bōs Religieux, qui semblants auoir esté terrassez de leur aduersaire, ont triomphé de luy lors qu'il pensoit triompher d'eux: & ce à sa confusion, laquelle jaçoit qu'ils ne recherchassent pas, s'est neantmoins ensuiuie par la prouidence de celuy qui est le tuteur des innocents, & le defenseur de la verité.

Que s'il m'est permis de vous dire mon sentimét touchant cecy, & le iugemét que ie fais de la cause pour laquelle la Diuine bonté s'est renduë fauorable à ces bons Religieux: ie vous diray franchement que c'est à mon aduis la droicture d'intétion auec laquelle i'ay recogneu qu'ils se sont comportes en céte affaire, laquelle ils ont poursuiuie non pour auoir le dessus de leur aduersaire, n'y pour luy faire retirer ses cornes, mais pour deux aultres fins honnestes & loüables. Car i'ay appris de ce bon Religieux qui m'a faict le narré de tout cecy, que ce qui les animoit à vne si iuste defense estoit premierement le desir qu'ils auoient de maintenir leur institut, selon lequel ils ont sur les ames à eux données en charge vne autorité spirituelle en ce qui concerne l'administration des Sacrements & la direction de leurs consciences, sans laquelle autorité il leur seroit fort difficile de fructifier parmy elles, & de les porter efficacement au salut. Car d'autant qu'il arriue quelques fois fort facilement à des esprits de filles mal disciplinées de mespriser ceux qui veulent cooperer à leur salut, comme il arriua du temps de sainct Benoist à deux Religieuses qui pour ce subiect furent par luy excommuniées : ces bons Religieux preuoioient que si vne fois les Religieuses de leur Ordre venoient à les tenir en qualité de simples Chappelains, comme pretendoit le P. N. leur aduersaire, ce seroit faict de l'Ordre de Fonteurauld, & iamais n'y auroit moien de le reduire à vn vray esprit de perfection Religieuse. Vne raison biẽ probable que me proposoit ce bon Religieux pour me persuader & faire apprehender le danger tres-grand ou portoiẽt l'Ordre de Fonteurauld les menées du P. N. estoit que le diable, disoit-il, qui auparauant ayant esté campé plusieurs années comme vn fort armé dans l'Ordre de Fonteurauld auoit tenu en paix tout ce qu'il possedoit, & auoit entretenu dans vne faulse tranquillité plusieurs ames viuantes dans vne grande ignorãce & mescognoissance de leurs obligations: auoit par apres suscité ces sousleuemẽts auec plusieurs aultres au mesme temps qu'il se voioit dechassé par vn plus foit que luy, & contrainct de quitter la place par l'aduenement de celuy qui estoit venu pour luy rauir ses armes, esquelles il auoit mis sa confiance. Et d'autant qu'il voioit que ce vainqueur & triomphateur se seruoit pour cét effect de l'entremise de plusieurs Religieux de cét Ordre, qui armés d'vn nouueau courage luy faisoient la guerre, il à vomy contre eux sa fureur & sa rage, desireux s'il pouuoit de les esteindre & de les exterminer du monde: & pour empescher les fruicts de leurs labeurs qu'ils pretẽdoient cueillir parmy les ames il s'est efforcé de les rendre contemptibles, & de les faire estimer parmy les Religieuses pour de simples chappellains qui n'eussent qu'a dire leur Messe, & à doner l'absolution seulement quand on la leur demanderoit; & du reste s'amuseroient s'ils vouloient à dire leur chappelet, comme de petits *frares*, & de pauures garçons pris à la porte des Religieuses pour les seruir par faulte d'aultres: comme i'ay appris qu'ils ont esté qualifiés par leur aduersaire, si rẽply de charité fraternelle, & si bon conseruateur de la reputatiõ de ses prochains. D'ou vous voiés Monseigneur, combien estoit dangereux le dessein de ce personnage, qui par ses entreprises à pensé estre cause d'vne destruction totale de l'Ordre de Fonteurauld, qui estant, à ce que i'ay appris, fondé sur les parolles du Fils de Dieu *Mulier ecce filius tuus, ecce mater tua.* Et estant à cause de ce essentiellemēt composé de deux sexes, ne peut cōsister sans l'vn & l'autre de ces deux membres : vn desquels venant à estre separé de l'autre, ce ne seroit plus vn ordre, mais vn desordre & vne confusion estrange. Or à cela tendoient les menées du P. N. comme il apert manifestement. Car soustenant & faisant declarer par les Docteurs que les Religieux de Fonteurault n'ont aucune Iurisdiction ordinaire sur les Religieuses, & que les Prieures des Conuants ont tout pouuoir d'élire tels Confesseurs que bon leur semblera, il inferoit de là tacitement qu'on n'auoit plus que faire des Religieux de cét Ordre, & qu'il n'estoit plus besoing d'en receuoir, puisqu'vn simple Prestre tel qu'il fust pouuoit rendre aux Religieuses la mesme assistance qu'elles eussent peu esperer des Religieux de leur Ordre.

IE dis cecy Monseigneur, non pas pour vous instruire. Car ie sçais bien que vous penetrés mieux que moy dans le dessein du P. N. par le recit que ie vous ay faict cy-dessus de ses procedures: mais pour vous communiquer mes pensées, & le sentiment que i'ay de céte affaire, auquel ie m'asseure que le vostre sera conforme, veu que vous ne cognoisses pas moins que moy l'esprit du personnage, lequel aussi vous ne goustes pas plus que moy comme ie recogneu il y à quelque temps par les discours que vous men feistes lors que i'eus l'honneur de vous veoir la derniere fois.

L'aultre subiect qui à meu les Religieux de l'Ordre de Fonteurauld à prendre les armes contre leur aduersaire à esté qu'ils ont veu & porté à peine que ce personnage soubs pretexte de maintenir l'autorité de Madame de Fonteurauld laquelle il prononcoit à plaine bouche, faisant mine de vouloir presque l'egaler à la papauté, alloit tout au contraire la destruisant & ruinant en vne maniere incogneue à céte bonne dame : comme il apert manifestement par ce qu'il à auancé en la troisiesme proposition, que la Prieure peut élire des Confesseurs tels que bon luy semblera de sa seule autorité. Car si cela estoit, touts les Conuents de l'Ordre de Fonteurauld ne seroient plus necessairement dependants de leur Superieure Souueraine en ce qui est de recepuoir des Confesseurs de son autorité, comme ils ont esté iusques à present : ains si bon leur sembloit se seruiroient de ceux qui leur sont enuoies par la Mere Abbesse ; ou si la phantasie leur suggeroit les refuseroient, sans que ladicte Dame les peust contraindre de les accepter & de se seruir deux pour l'administration des Sacrements & la conduicte de leurs consciences. En quoy le plus beau de son autorité seroit abbatu, & la principale partie de sa souueraineté renuersée par terre, sans qu'elle y peust remedier sinon à force de proces, qui à la fin se pourroient multiplier en aussi grand nombre, comme sont les Conuants dependants de sa Iurisdiction.

De cela on à desia veu vn eschantillon en vn des Conuants dudict Ordre, ou le P. N. à tellement estably sa domination que tout y bransle soubz sa conduicte, comme de celuy qui est recogneu de la plus grande partie des Religieuses de ce lieu pour leur grand pasteur, pere spirituel, & directeur. En ce lieu il y à quelque temps Madame de Fonteurauld enuoia vn de ses Religieux capable & recepuable qui à longtemps assisté aultres Religieuses de l'Ordre en diuers lieux. Ce bon Religieux estant là arriué presente son obedience à la Prieure grande fille spirituelle du P. N. Céte bonne Mere la refuse & ne veult point l'accepter, mais promptement expedie vn messager vers son grand Pere spirituel auec vne lettre par laquelle elle demande son aduis touchant ce quelle doibt faire sur le subject de l'arriuée dudict Religieux. Il luy faict responce qu'il ne le fault point recepuoir, ains le r'enuoier, & declarer à Madame qu'on ne veult plus auoir dãs ce conuant la aucun Religieux de l'Ordre de Fonteurauld. La bonne Mere à la verité auoit reçeu vn bon conseil, mais pourtãt tel, qu'il n'en falloit gueres vser. Elle en vse neantmoins sans scrupule, & escript à

Madame

Madame au nom de trente de la compagnie vne lettre signée de ce nombre, par laquelle elles luy font sçauoir, que non seulement elles ne veulent pas se seruir du Religieux qu'elle leur à enuoié, mais que de plus elles sont en resolution de iamais ne se seruir d'aucun aultre. Voila le fruict du bon Conseil du P. N. fruict d'inobedience & de rebellion, fruict de trangression & de reuolte, fruict de mort & non pas fruict de vie. Pour moy quand i'y pense i'en ay honte pour luy, & suis estonné, cõment vn personnage qui s'estime si clairvoiant, s'est tellement laissé aueugler par son propre interest que de vouloir ruiner vn Ordre de fond en comble, & renuerser lessence de son institut, selon lequel les Religieuses sont obligées d'accepter les Religieux de leur ordre pour leurs Peres spirituels & Pasteurs de leurs ames, comme il m'a esté faict veoir clairement en plusieurs endroicts tant de leur Regle que de celle des Religieux. Nommement au chap. de la reception des nouices, ou il est dict que les Religieux sont receus dans ledict ordre pour assister les sœurs en l'Office de Prestrise & en l'administratiõ des Sacrements. Au chap. des iours & heures de Confession, ou il est dict que les sœurs confesseront leurs pechez deux fois la sepmaine au Pere Confesseur, ou au Frere qui luy est donné en ayde. Au Prologue de celle des Freres, ou il est dict que les Religieux doibuent ayder par exemple, Oraison, & exortation la compagnie des Vierges au ministere desquelles ils sont deputés, Et au Chap. du diuin Office de la mesme Regle, où il est dict que le Pere Confesseur à puissance ordinaire d'absouldre au Sacrement de Penitence les Freres & Sœurs. Tous lesquels passages m'ont esté fidelement exposés par ce bon Religieux qui m'a faict recit de tout cecy. Desorte que i'ay esté contrainct par l'euidence de la chose d'aduoüer franchement que l'entreprise du P. N. tendoit à vne destruction entiere de l'Ordre de Fonteurauld & à la ruine totale de son institut.

Mais ce pendant que ie forme ces discours, ie crains Monseigneur de vous estre importũ & d'abuser de vostre patience: & n'eust esté que i'ay recogneu par la vostre que vous estiez desireux d'auoir vne plaine & entiere cognoissance de toute cete affaire i'eusse tranché plus court & eusse obmis plusieurs choses. Mais pour satisfaire amplement à vostre desir, i'ay dict tout ce que dessus. A quoy s'il vous plaist vous me permettrés encores d'adiouster vne chose qui ne se doibt passer soubs silence, que i'ay aussi appris dudit Religieux de Fõteurauld. Il me disoit qu'oultre le dessein, qu'auoit le P. N. de s'insinuer auec les siens dans les Conuants de l'Ordre de Fonteurauld, & de prendre la place des Religieux de l'Ordre il auoit encores dessein de gaigner par les procedures & recouurir les bõnes graces de Madame de Bourbon coadiutrice de Madame de Fonteurauld, desquelles il estoit decheu à son regret par quelque traict d'imprudẽce.

Car comme i'ay marqué cy-dessus il auoit persuadé à cete vertueuse Dame que cete sienne entreprise estoit grandement necessaire pour le maintien de l'autorité Abbatiale en laquelle elle doibt succeder moiennant la grace de Dieu, qui l'a appellée pour cete fin dans l'Ordre de Fonteurauld. C'estoit pour cete cause qu'en la dispute qu'il eut à Fonteurauld auec les Religieux, parlant à iceux (selon qu'il m'à esté dict) il repeta plusieurs fois en presence des deux Dames cete parolle à plaine bouche & d'vne voix forte. *C'est Madame qui vous confere la iurisdiction.* Pour amorcer cete ieune Dame & la gaigner à soy par ce beau pretexte de maintien de l'autorité Abbatiale. Mais d'autant qu'en cete sienne pretention il à aussi peu regardé & recherché la gloire de Dieu qu'en ce qui à esté dict cy-dessus, ains purement & simplement son propre interest, Dieu à permis que son effort à esté vain & totalement inutile à la fin qu'il pretendoit, comme l'issue l'à faict veoir bien manifestement.

Voila Monseigneur tout ce que i'ay appris de cete affaire & des inuentions & remuements causes dans l'Ordre de Fonteurauld par le P. N. duquel on peut dire auec verité qu'il n'est pas prest de faire seller & brider son cheual pour allea à Rome supplier le Pape le dispenser du gouuernement des Religieuses, cõme feit autrefois ce grand saint instituteur de son ordre, lequel ne se contenta pas des lettres d'exemption qu'il en auoit obtenu en bonne & deuë forme expediées le 20 May 1547. mais depuis procura encores l'expedition d'vne Bulle qui luy fut donnée pour ce subiet par le Pape Paul troisiesme, & de plus feit defense à touts ceux de sa compagnie de iamais s'ingerer à gouuerner des Religieuses, leur predisant de la part de Dieu que s'ils le faisoient cela leur reussiroit mal, par ce que la grace ne leur seroit iamais donnée pour cét effect, ainsi que nous voyons par experience arriuer touts les iours en plusieurs entreprises par eux faictes au gouuernement des Religieuses. Ce qui vous est cogneu beaucoup mieux qu'à moy, qui suis

Monseigneur,

Vostre tres-humble & affectionné seruiteur G. de M.

www.ingramcontent.com/pod-product-compliance
Ingram Content Group UK Ltd.
Pitfield, Milton Keynes, MK11 3LW, UK
UKHW021133230726
13926UKWH00002B/770

9 782016 128022